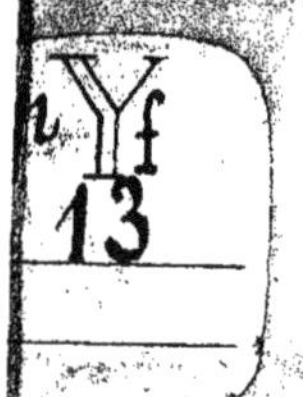

PAUL MARGUERITTE

PIERROT
ASSASSIN DE SA FEMME

PANTOMIME

> L'histoire du *Pierrot* qui chatouilla sa femme,
> Et la fit de la sorte, en riant, rendre l'âme.
>
> Th. Gautier.

PRÉFACE DE FERNAND BEISSIER

PARIS

PAUL SCHMIDT, IMPRIMEUR-ÉDITEUR
5, RUE PERRONET, 5

1882

PIERROT

ASSASSIN DE SA FEMME

PANTOMIME

Représentée pour la première fois au théâtre de Valvins
(Seine-et-Marne)

en 1882

PAUL MARGUERITTE

PIERROT

ASSASSIN DE SA FEMME

PANTOMIME

L'histoire du *Pierrot* qui chatouilla sa femme,
Et la fit de la sorte, en riant, rendre l'âme.

Th. Gautier.

PRÉFACE DE FERNAND BEISSIER

PARIS
PAUL SCHMIDT, IMPRIMEUR-ÉDITEUR
5, RUE PERRONET, 5
1882

— C'est ici, me dit la vieille bonne qui m'accompagnait, dès que nous eûmes traversé la cour dont la porte à claire-voie s'ouvrait large et neuve sur la berge.

Au fond, en haut à gauche, une grande baie vitrée tachait d'une lumière crue et vive la muraille, projetant comme une longue traînée blanche sur le sol.

Elle éteignit la lanterne qui nous avait éclairés tout le long du chemin — un chemin tout sombre, ce soir-là — descendant le long de la Seine; puis, poussant une petite porte :

— Prenez la rampe, me dit-elle; moi, je passe devant pour vous ouvrir.

Et je gravis l'étroit escalier de bois, au haut duquel brûlait une bougie dans un vieux chandelier de cuivre.

Un bruit fort, persistant — des voix, des cris, des rires — descendait jusqu'à moi.

Tout à coup, sur le palier, la porte s'ouvrit, et par la large ouverture, au milieu du tapage assourdissant qui me tombait dessus, un large flot de lumière s'étala, éclairant d'un jet brusque la grange, l'escalier et, en dessous, les énormes tas de foins coupés, sentant sec mais sentant bon, au milieu desquels, taches blanches, noires ou grises, dormaient, la tête sous l'aile, les poules et les coqs.

J'entrai, un peu aveuglé par ce subit éclat de lumière, ces cris et tout ce monde entassé sur les bancs, pressé sur des chaises, droit le long du mur, perché sur le poêle de faience ou debout sur les deux petits lits de camp remisés, pour la circonstance, dans le fond de la salle, sous la fenêtre.

Une poutre énorme, carrée, puissante, traversait la salle en longueur; au-dessus, la toiture montait en angle aigu, un large rideau vert cachait le vitrage établi là par un peintre, l'année précédente.

En face de la fenêtre s'étalait la scène : deux rideaux blancs d'une couleur crue sous la lumière des bougies de la rampe, la séparaient du public.

Dans le coin, à droite, assis sur le rebord de la scène, une petite table devant lui — dessus des carafes, un citron au bout du goulot — un brave homme vendait à boire.

Pressés, on ne pouvait bouger; le verre passait de main en main.

Et l'on criait ! et l'on riait !

Femmes, hommes, enfants — tout cela entassé, bousculé, se poussant, s'appelant, réclamant, appelant. — Une grosse nourrice, dans un coin, faisait teter son nourrisson, la gorge carrément et naïvement découverte.

Je m'assis, comme je le pus, sur le rebord de la fenêtre, entre le vieux cocher qui m'avait amené le matin et une énorme femme, aux chairs un peu débordantes, mordant à belles dents dans un gros morceau de pain.

— Je n'ai pas dîné, me dit-elle, crainte de n'avoir pas de place. Si vous saviez ce qu'on a refusé de monde.

— Refusé de monde?

— Dame, vous savez, c'est si joli, ajouta-t-elle en joignant les mains, et puis quand ça ne coûte rien!

Tout à coup, secs, secouant les planches, les trois coups se firent entendre.

Il se fit un grand mouvement : chacun toussa, s'étala, se pressa, s'installa à son aise pour ne rien perdre du spectacle.

Mon vieux cocher retira son chapeau, et ma grosse femme remit dans la poche de son tablier bleu le restant de son pain.

Les rideaux blancs glissèrent sur la tringle de fer, crièrent d'un grincement saccadé et s'ouvrant, à droite et à gauche, développèrent un décor des plus primitifs.

Trois paravents d'un vert sombre à hauteur d'homme — un au fond, un de chaque côté, formant coulisses — au-dessus le mur blanc; au fond un lit fermé par des rideaux; accroché à gauche, un portrait de Colombine sur carton, dont un papier doré collé autour simulait le cadre.

La scène vide éclatait lumineuse et crue.

Le silence s'était fait complet tout autour; tous regardaient la scène, attentifs, curieux, impatients.

Le côté gauche du paravent se développa et, titubant, bras dessus bras dessous, dodelinant de la tête, apparurent Pierrot et le croque-mort.

Pierrot, blanc, long, émacié, flottant dans son immense casaque à gros boutons, échancrée, laissant voir le cou maigre — le front haut, large au-dessous du serre-tête de velours noir — l'œil terne, ivre, le regard vague — chancelant sur ses jambes, s'appuyant sur son compagnon, gros, petit, la trogne rouge, l'œil humide, le chapeau de cuir sur l'oreille, l'habit d'un noir crasseux, usé au coude, laissant voir la trame.

Étonnés, surpris, secoués par cette apparition bizarre, les spectateurs regardaient.

Et le drame commença.

Car c'était vraiment un drame auquel nous assistions, un drame brutal, bizarre, brûlant le cerveau comme un conte fantastique d'Hoffmann, atroce par moments, et faisant souffrir comme un véritable cauchemar.

Pierrot, resté seul, racontait comment il avait tué Colombine qui le trompait; il venait de l'enterrer, et personne ne saurait jamais rien de son crime. Il l'avait liée sur le lit pendant qu'elle dormait et lui avait chatouillé les pieds jusqu'à ce que la mort affreuse, épouvantable, éclata au milieu de ces éclats de rire atroces.

Seul, ce Pierrot long, blanc, à face cadavérique pouvait avoir l'idée de cette torture de damné.

Et, mimant l'action, il représenta devant nous toute la scène, simulant tour à tour la victime et l'assassin.

Je ne sais pas quel effet produirait à Paris, sur un théâtre, ce drame construit un peu en dehors de toutes les règles communes, cette action mimée par un seul personnage, sans autre secours que ses gestes et les différentes expressions de son visage ; ce serait, en tout cas, chose curieuse à tenter.

Ce que je sais, ce que j'ai vu, c'est l'effet prodigieux produit sur cette salle de paysans, dans cette grange, au milieu de ce décor primitif.

On sentait courir sur les spectateurs comme un frisson d'effroi. Les éclats de rire de Pierrot, stridents comme des cris de damné, se tordant dans les affres de l'agonie, semblaient les épouvanter et quand Pierrot tomba ivre-mort, j'entendis un soupir de soulagement sortir de toutes les poitrines ; c'était comme un réveil après un affreux cauchemar.

Moi-même — je le confesse — je m'étais laissé prendre ; il me semblait sortir d'un rêve noir, horrible. Cela détruisait toutes mes idées sur ce Pierrot légendaire qui m'avait tant fait rire autrefois, là-bas, en Provence, joyeux, fripon, un peu paillard, la lèvre rouge comme une cerise, étincelant sous le grand soleil. C'était là un Pierrot bizarre, tourmenté, maigre, comme atteint de névrose, transplanté sous un ciel triste et terne; son rire avait quelque chose de cruel, sa friponnerie devenait méchante, ses plaisanteries atroces, sa paillardise un vice. L'impression était affreuse, mais elle existait forte, cruelle, persistante. J'en voulais à l'artiste de me déformer ainsi mon type et mes joies d'autrefois; je me raidissais, mais j'étais pris, et quand aux applaudissements du public, le Pierrot long, essoufflé, mais la bouche souriante, l'œil éclairé par le succès, revint saluer, comme les autres je poussai un gros soupir de soulagement.

. . . .

Le lendemain, je déjeunais avec Pierrot, mais Pierrot redevenu homme du monde, dépouillé de ses longs vêtements et de sa face blanche, Pierrot redevenu Paul Margueritte, — un nom de héros, s'il vous plaît, qu'on inscrira bientôt sur la pierre. Rappelez-vous la bataille de Sedan, et l'empereur Guillaume saluant ce général français tombé à la tête de ses escadrons et s'écriant :

— *Ah! les braves gens! les braves gens!*

Assis, les coudes sur la table, fumant notre cigare, la fenêtre large ouverte devant nous, découvrant la forêt, le ciel et la Seine, nous causâmes longuement.

Il me conta ses recherches, ses idées, ses croyances, ses tentatives et ses espérances :

Moi, simplement, franchement, je lui fis part de mes impressions de la veille.

— Merci, me dit-il, en me tendant la main; mais vous chargeriez-vous de m'écrire quelques lignes de préface si, à mon retour à Paris, je faisais imprimer ce petit drame qui vous a si fort impressionné?

Et comme je lui représentais mon peu d'autorité et mon peu d'expérience.

— Ne me refusez pas, ajouta-t-il, je serai capable de ne pas croire à la sincérité de vos compliments.

J'étais pris.

— Soit, répondis-je, la préface me coûtera d'ailleurs fort peu, je raconterai simplement ce que j'ai vu; le lecteur jugera lui-même et qui sait si l'impression produite ne tentera pas quelque curieux.

— Le croyez-vous?

— J'en suis sûr. Imprimez, je ferai l'annonce, ajoutai-je en riant; imprimez, et *Zou!* mon brave ami.

Fernand BEISSIER.

Valvins, 15 septembre 1882.

PERSONNAGES

PIERROT. . . . . Paul Margueritte.
UN CROQUE-MORT. . . . .

D'une casaque blanche, décolletée, plissée, à gros boutons, sortent tête et mains, d'un blanc de plâtre. La tête, yeux et lèvres s'y marquent, qui de noir, qui de rouge : ainsi s'avivent le regard de l'œil droit — clos est l'autre œil — et le rire plissant un seul coin de la bouche. — Front grandi par un serre-tête blanc qu'enserre un second — traditionnel — en velours noir. Les mains, de plâtre aussi et les poignets ont sous l'ample et flottante manche des manchettes étroites. Pantalon large, il dégage le cou-de-pied et les souliers à boucles d'argent.

N. B. — Pierrot semble parler? — Pure fiction littéraire! — Pierrot est *muet*, et ce drame, d'un bout à l'autre, *mimé*.

PIERROT

ASSASSIN DE SA FEMME

A ma mie Vève.

RIDEAU

Obscure la chambre avec ses cloisons de vieux chêne assombries; adossés ici, un bahut, là, une étagère; une chaise à droite, une table à gauche, des bouteilles par terre, le goulot cassé. Et tirant et accrochant l'œil, dans le fond, là-bas, un portrait de Colombine, un lit. Lit et portrait dans l'ombre se détachent avec un étonnant relief et donnent, bien que choses mortes, l'impression de *vie*. La Colombine en son cadre d'or, tout en chair, les seins nus, rit à belles dents, *vivante :* il y a de ces portraits dans Hoffmann. Le lit, lui, *inquiète* par les draperies de ses rideaux clos comme aux catafalques, et rougeâtres. MVSIQVE bizarre et douce qu'on dirait l'harmonie chantante d'un tel intérieur : le rire de la Colombine, la respiration du lit rouge y passent imaginairement. Un temps s'écoule. Une porte bouge : paraît la trogne suante et sanguinolente d'un croque-mort. Il remorque Pierrot. Haut de taille, flexible, blanc du blanc classique enfin, est Pierrot. Pierrot titube et plonge dans le vide, chaque pas est une génuflexion : il a des jambes de caoutchouc; ses bras, comme des ailes, pendent abandonnés. Sa défaillance est équivoque : est-ce ivresse? accablement? Tous deux s'en viennent ainsi, le gros vivant et le spectral, à pas comptés, noir, blanc.

PIERROT

Heuh! (Il chancelle, plie, enjambe une chaise et retombe assis, évanoui. Le croque-mort lui frappe dans les mains, Pierrot renaît.) Ah! là! vois! Colombine, elle sourit, combien gracieuse! (Son bras tendu désigne le portrait.) Quels yeux, quel petit nez! quelle bouche... Hélas! morte. Et nous voici revenus de là-bas, où nous l'avons mise en terre. Tu te souviens : la pioche, la pelle, le grand trou, la terre qu'on jette (le croque-mort mime, vis-à-vis et en même temps que Pierrot, la scène funéraire), et les prières et les sanglots. Morte! Morte! Ah! Je ne m'en consolerai jamais! (il pleure) jamais! (et retombe en syncope, et montre l'affligeante silhouette de son corps, ployé en angle aigu sur la chaise, jambes et bras raides. *Voyons! Voyons! il faut se faire une raison!* objecte le croque-mort qui essuie, compâtissant, les yeux de Pierrot. La puanteur du mouchoir produisant l'effet de sels, Pierrot s'indigne, éternue, jette le chiffon au nez de l'homme : il ne lui en serre pas moins les mains). Enfin! c'est vrai, il faut se résigner, être un homme... Ah!... Enfin! Donnons-nous un petit peu de cœur au ventre. Un petit verre de cognac, hein? (Le croque-mort opine du bonnet; Pierrot va au buffet emplir deux petits verres. *A votre santé!* dit le croque-mort :)

Oh non! à la sienne, à la santé de la défunte! (Et tous deux tendent leur verre vers le portrait.) Tiens! c'est drôle, pas mauvais, bon même, ce cognac! (Et Pierrot qui a gardé le carafon en main, faisant claquer sa langue, se verse coup sur coup des petits verres.) Bon! très bon, exquis, oh diable! (Le croque-mort alléché et qui vainement tend son verre, ose tirer par la manche Pierrot qui éclate :) Hein! Qu'est-ce à dire? Un second verre, vous osez, de mon cognac (exquis d'ailleurs!)... ivrogne! outrager la morte et dans cette chambre, misérable! Sortez... Sortez tout de suite! (Le croque-mort ne se rendant pas assez vite aux raisons de Pierrot est roué de coups et chassé honteusement à coups de pied dans le cul. Seul, Pierrot éclate de rire longuement, convulsivement. Plus calme, il ouvre la bouche, prépare un gros aveu, mais défiant, s'arrête. Cependant, un ravage lent de la pensée qui l'obsède fait passer son visage en quelques secondes par des impressions de crainte, de colère, de tristesse, d'étonnement. Le secret, une seconde fois, vient à ses lèvres : quelle chose effrayante va dire Pierrot? Rien, car il s'arrête encore et, sournois, donne le change.) J'ai sommeil. Je suis las. Dormons. Déshabillons-nous. D'abord, mes souliers... (Il s'assied et prend son pied dans sa main.) Hein! (Il se retourne brusque et peureux :) Plaît-il? non!... ah! ah!... imbécile, il n'y a rien. (Il hausse les épaules et prend son autre pied.) Ah! cette fois! (Il se dresse, regarde sous la chaise, sous la table, sous le lit, en ouvre les rideaux et recule devant ce lit vide, plein d'épouvante.) Je me souviens ! (Il fixe le portrait et le montre d'un doigt mystérieux.) Je me souviens... Fermons les rideaux ! Je n'ose pas... (Il vient à reculons et de ses bras, derrière lui, sans regarder, tire les draperies. Ses lèvres tremblent et alors une force invincible arrache de Pierrot le secret monté à sa bouche. La MVSIQVE s'arrête, écoute.)

Voici :

Colombine, ma charmante, ma femme, la Colombine du portrait, dormait. Elle dormait, là, dans le grand lit : je l'ai tuée. Pourquoi?... Ah voilà ! Elle chipait mon or; mon meilleur vin, le buvait; mon dos, le battait, et durement : quant à mon front, elle le meublait. Cocu, oui, elle me le fît, et à outrance, mais qu'importe cela? Je l'ai tuée; parce que cela me plaisait, je suis le maître, qu'a-t-on à dire? La tuer, oui... cela me sourit. Mais comment vais-je faire? (Car Pierrot, comme somnambulesque, reproduit son crime, et dans son hallucination le *passé* devient le *présent*.) *Il y a bien la corde, on serre, couic, c'est fait! oui, mais la langue qui pend, la figure rendue affreuse ? non. — Le couteau? ou un sabre, un grand sabre? vlan ! dans le cœur... oui, mais le sang coule, à flots, ruisselle. — Heuh! diable!... Le poison? une petite fiole de rien du tout, ça s'avale et puis... oui! et puis les coliques, les douleurs, les tortures, ah! c'est horrible (ça se verrait, d'ailleurs). Il y a bien le fusil, boum ! mais boum ! on entendrait. — Rien, je ne trouve rien.*

(Il se promène gravement et médite. Par hasard, il butte.) *Aïe, ça fait mal!* (Il se caresse le pied.) *Houb! ça fait mal! Ca ne sera rien, ça va mieux.* (Il caresse toujours et se chatouille le pied.) *Ah! ah! C'est drôle! Ah! ah! Non! ça fait rire. Ah!* (Il lâche brusquement son pied. Il se frappe le front.) *J'ai trouvé!* (Sournoisement :) *J'ai trouvé! Je vais chatouiller ma femme jusqu'à ce que mort s'ensuive, voilà! La chatouiller bien gentiment, voilà! C'est très bien trouvé. Ah! oui, mais du calme, doucement; voyons un peu...* (A pas de loup, il s'approche du lit rouge et écoute.) *Elle dort, bon!* (Il entrebâille les rideaux et regarde :) *Elle dort profondément — attention!* (Il tire les rideaux sur leur tringle, mais les anneaux, au lieu de glisser, grincent : Pierrot tressaille.) *Hum! c'est chose grave : doucement! doucem...* (Les anneaux grincent abominablement.) *Ah zut!* (Et brutalement, à tout risque, il ouvre les rideaux d'un seul coup, tout grands, et penché — à la tête du lit réellement vide, mais où elle *est, elle* pour *lui* — il regarde :) *Rien! Elle n'a pas bougé. Elle dort toujours. Tiens, amour, voici un baiser! Hé! Hé! C'est qu'elle est jolie, dormante : une figure toute petite, des yeux mignons, un nez gros comme rien, des seins qui se courbent, une croupe qui se dessine...* (Ici Pierrot s'étant abandonné un temps à une concupiscence rétrospective, s'y arrache.) *Allons-y! D'abord des cordes* (il ligote Colombine avec une corde imaginaire) *pour que tu ne puisses bouger, ni des jambes, ni des bras — puis un bâillon* (il roule un mouchoir imaginaire et le pose sur la bouche de *l'absente*), *et maintenant* (il soulève le drap et introduit ses mains sous la couverture qui s'agite) *à l'œuvre! Risette, fais risette; bonjour, Colombine...* (Il se jette d'une pièce sur le lit et, se transformant, donne à son corps la raideur d'un corps ficelé, il agite frénétiquement ses pieds chatouillés, il dégage sa bouche du bandeau, il devient, il est Colombine. Elle s'éveille : *C'est toi, Pierrot, ah! ah! ah! tu me chatouilles, oh! oh! oh! finis, ah! finis! ah! ah! ah! je vais casser les cordes, oh! oh! oh! tu me fais mal!... ah! ah! tu me fais mal!...* Pierrot se rejette au pied du lit et chatouille, sans parler, sans rire, la mine patibulaire. Soudain, il s'arrête.) *J'ai entendu...* (il s'avance, porte une main à son oreille, l'autre à son cœur) *j'entends... quoi donc? mon cœur bat. Fort! Plus fort! Plus fort!* (Et sa main marque les battements grandissants, et l'œil, dans l'orbite, hagard, terrifié, luit.) *Le bruit décroît. Mon cœur bat. Moins fort! Moins fort! Posément. Là. Plus rien.* (Ses mains retombent.) *Quitte pour la peur. Et maintenant, chatouillons : Colombine, c'est toi qui paieras ça.* (Et il chatouille éperdu, il chatouille farouche, il chatouille encore, il chatouille sans trève, puis se jette sur le lit et redevient Colombine. Elle (il) se tord en une affreuse gaieté. Un de ses bras devient libre et rend libre l'autre bras, et ces deux bras en démence maudissent Pierrot. Elle (il) éclate d'un rire vrai, strident, mortel; et se dresse à mi-corps; et veut se jeter hors du lit; et toujours ses pieds dansent, chatouillés, torturés, épileptiques. C'est l'agonie. Elle (il) se soulève une ou deux fois — spasme suprême! — ouvre sa bouche pour une dernière malédiction, et rabat en arrière, hors du lit, sa tête et ses bras pendants. Pierrot redevient Pierrot. Au pied du lit, il gratte encore, éreinté, anhélant, mais victorieux. Il s'étonne.) *Quoi! plus rien! elle ne bouge plus. Est-ce que?... morte! oui, mais tout de bon! Voyons donc : le cœur? Sans mouvement. Le pouls? Éteint. Les yeux? Renversés. La langue? Pendante. Morte! c'est fini. Arrangeons çà. La tête d'abord, sur l'oreiller : rectifions l'expression.* (Sous les doigts sacrilèges de Pierrot, la figure de la morte devient peu à peu calme et souriante.) *Enlevons les cordes. Maintenant, le lit à border, les plis à tirer, c'est fait, plus rien, on n'y voit que du feu. Colombine, comme tout à l'heure, dort, bien gentille. Là! n-i, ni, c'est fini.* (Il referme les rideaux, fait volte-face. Clignant d'un œil, livré à une joie pure, un pâle sourire sur sa face lunaire, il se frotte les mains, longuement.) *Morte! bien morte, et l'on n'y verra rien, rien! Le gendarme, avec son grand sabre et ses moustaches, s'il vient frapper à ma porte, pan! pan! je vais ouvrir. Il me prend au collet. Moi? ô gendarme, regardez : elle est là, morte dans son lit, bien gentiment : je m'en lave les mains, vous comprenez. Et la prison, les menottes, les verrous, pas pour moi, ça non plus : morte dans son lit, je m'en fiche. Et la guillotine. Han! le coup de couperet, ma tête qui tombe... ah! mais non! pas pour moi. Ah! ah! ah!* (Et Pierrot rit silencieusement, longtemps. Une torpeur l'envahit qui l'immobilise et le fige : ses yeux se ferment, et sa tête penche déjà que ses lèvres de plâtre gardent encore le satisfait, l'ironique sourire. MVSIQVE. Il a un sursaut brusque, regarde autour de lui, s'étire.)

Ouf! je suis las, brisé, j'ai bien le droit de dormir, à présent. (Il bâille.) Dodo! L'enfant do! (MVSIQVE berçante.) Déshabillons-nous (il s'assied) mes souliers... (Mais quand, tout comme auparavant, il va pour se déchausser, il voit avec stupeur, puis effroi, son pied secoué d'une danse involontaire, d'une trépidation d'alcoolisé. La trépidation monte, prend l'autre pied et l'autre jambe. Pierrot se dresse et flageole. Plus de doute! Le chatouillement de Colombine, comme un mal contagieux et vengeur, l'a pris. Pierrot parcourt en tous sens la chambre sur la pointe de ses pieds dressés. Ses bras, larges comme des ailes, battent l'air, fous et tragiques :) Arrêtez-vous, ô par pitié, arrêtez-vous, mes pieds... (La trépidation cesse. Pierrot retombe sur la plante des pieds et sombre, prend une résolution soudaine.) Que faire? ah! boire! voilà le remède, voilà ce qu'il faut (et il mime expressivement). Oui, un coup, deux coups, hop, buvons, encore! jusqu'à rouler par terre, sans plus voir, sans plus entendre, ivre, mort... Oh non! pouah! je ne veux pas. (Mais la MVSIQVE se déchaîne; et de nouveau l'atroce trépidation secoue les pieds de Pierrot affoli et dont les dents claquent.) Oh non! plus ça, non! plus! (Il se jette à genoux devant le portrait qui toujours sourit, implacable.) Colombine, grâce, ardon, pitié! J'aime mieux boire, je vais boire! (Il s'approche de la table et y pose les bouteilles. Alors, avec une grandeur de geste antique, il invoque le souverain bien de l'Ivresse.) Flacons, pleins d'un vin exquis, je vous boirai : endormez-moi, donnez-moi l'ivresse, le rêve, l'anéantissement, soyez miséricordieux, flacons que j'implore, que je baise... (Il boit. MVSIQVE paresseuse et sourde. Il boit à gorgées lentes). Une! (et jette la bouteille, vidée, par dessus l'épaule.) L'horrible vin! (L'ivresse même se refuse à Pierrot, le vin l'écœure.) Buvons! (Il prend une seconde bouteille, c'est du champagne.) Oui, celle-ci sera meilleure. (Cependant, le vin bu a opéré, l'œil de Pierrot s'anime, sa face s'éclaire; la MVSIQVE aussi s'égaye. Il a coupé le fil de fer et va faire sauter le bouchon, il s'arrête à temps.) Halte! Patience! tout d'un coup l'avaler? oh! non, dégustons. (Il contemple la bouteille avec attendrissement et s'écrie :) Je la boirai cinq fois, j'en prendrai possession cinq fois. D'abord, par les yeux (il la mire, l'admire), quelle jolie couleur! — Par les mains : je la veux caresser, comme une main de femme (il la caresse), comme c'est doux! — L'oreille. Écoutons. (Il s'assied, porte la bouteille à son oreille, puis la place entre ses jambes, étonné et ravi :) Oui, elle parle, elle chante. (La MVSIQVE divague.) Ce sont des chants de violon, des chants de flûte, des chants de piano! — Maintenant au tour du nez. (Il flaire la bouteille, resté assis — le parfum l'attire, vertigineusement — la bouteille danse dans sa main et lui donne un spasme qui agite bras, tête et jambes, lascivement, et qu'une pâmoison termine.) — La langue enfin, buvons! (Et Pierrot fait sauter le bouchon, lape la mousse débordante et boit avec volupté.) Ah! que c'est bon! ça descend jusque dans les veines, ça se répand, ça monte au cerveau, ça réchauffe, ça rend gai! A ta santé, Colombine! (Il porte un toast ironique au portrait, puis guigne le lit conjugal d'un air paillard.) Ah! ah! tiens, Colombine, je t'embrasse, je te prends dans mes bras, je te... (Pierrot devient morne. La pétillante ivresse du champagne tombe déjà.) J'ai froid, il fait sombre, triste. (La nuit vient, la MVSIQVE se fait grave.) Brrr! (Il va briser le goulot de la dernière bouteille au rebord de la table.) Buvons, c'est la fin. (Il boit, dressé haut et retombe d'une masse, sur la chaise. La nuit est complète. Rien qu'on distingue qu'un Pierrot blanc et vague. Il se dresse lentement et traverse la chambre, indécis, avec des gestes irréfléchis. Il va pour se déshabiller enfin, se coucher, gagner son lit, quand une terreur le cloue sur place. C'est que l'involontaire et tout puissant Remords hallucinant Pierrot, Pierrot croit voir et voit réellement que le LIT perdu dans l'ombre, s'anime, s'illumine comme une énorme lanterne, vit; et que les rideaux ténébreux s'empourprent et peu à peu éclatent et flamboient. Pierrot se passe la main sur le front. Plus rien. Le lit s'est enténébré, de nouveau. Mais voici, nouvelle et plus grande angoisse, le PORTRAIT cette fois, s'animant. D'abord le cadre luit, phosphorescent, puis maintenant la Colombine s'éclaire : son rire éclate, rouge et blanc. Elle *vit*, vraiment elle *vit* et elle rit à Pierrot... elle riait aussi quand Pierrot l'a tuée... Alors, devant le portrait, il recule mécaniquement, à pas raides. Il s'arrête. Il s'indigne. Il s'invite à être brave. Il sera brave. Il s'avance, les bras tendus. Il glisse spectral, déjà mort, vers la morte. IL LA TOUCHE! La MVSIQVE, à l'appel déchirant d'un gong, devient folle. Le LIT aussi s'éclaire et derechef s'empourpre. Pierrot, dans la rouge clarté, tord son corps pris de folie. Il tourne sur lui-même, trois fois : ses bras errent, ses doigts griffent le vide. Voici que la trépidation ancienne, que l'horrible chatouillement secouent frénétiquement ce corps, et que dans le sanglot funèbre et dernier de sa gorge, passe le rire ancien, exactement le rire des affres de Colombine... Brusque alors, aux pieds de sa victime peinte qui rit toujours, tout d'un grand coup, en arrière et bras en croix, le cadavre de Pierrot s'abat.)

RIDEAU

PAUL SCHMIDT, PARIS.

www.ingramcontent.com/pod-product-compliance
Ingram Content Group UK Ltd.
Pitfield, Milton Keynes, MK11 3LW, UK
UKHW012310240726
13966UKWH00005B/1782

9 782011 906663